As margens da alegria

conto de JOÃO GUIMARÃES ROSA

As margens da alegria

ilustrações BRUNA LUBAMBO

São Paulo
2023

global
editora

Copyright dos Titulares dos Direitos Intelectuais de JOÃO GUIMARÃES ROSA:
"Laura Beatriz Guimarães Rosa Ribeiro Lustosa, João Emílio Ribeiro Neto";
"Quatro Meninas Produções Culturais Ltda." e "Nonada Cultural Ltda."

1ª Edição, Editora Nova Fronteira, Rio de Janeiro 2010
2ª Edição, Global Editora, São Paulo 2023

Jefferson L. Alves – diretor editorial
Gustavo Henrique Tuna – gerente editorial
Flávio Samuel – gerente de produção
Bruna Lubambo – ilustrações
Taís Lago – projeto gráfico
Equipe Global Editora – produção editorial e gráfica

O conto "As margens da alegria" foi extraído da obra de João Guimarães Rosa, *Primeiras estórias*. São Paulo: Global Editora, 2019. p. 13-17.

Dados Internacionais de Catalogação na Publicação (CIP)
(Câmara Brasileira do Livro, SP, Brasil)

Rosa, João Guimarães
  As margens da alegria / João Guimarães Rosa ; ilustração Bruna Lubambo. – 2. ed. – São Paulo, SP : Global Editora, 2023.

  ISBN 978-65-5612-439-1

  1. Contos - Literatura infantojuvenil 2. Rosa, João Guimarães, 1908-1967 I. Lubambo, Bruna. II. Título.

23-151721   CDD-028.5

Índices para catálogo sistemático:
1. Literatura infantil   028.5
2. Literatura infantojuvenil   028.5

Tábata Alves da Silva - Bibliotecária - CRB-8/9253

Global Editora e Distribuidora Ltda.
Rua Pirapitingui, 111 – Liberdade
CEP 01508-020 – São Paulo – SP
Tel.: (11) 3277-7999
e-mail: global@globaleditora.com.br

 grupoeditorialglobal.com.br   @globaleditora
 /globaleditora   @globaleditora
 /globaleditora   /globaleditora
 blog.grupoeditorialglobal.com.br

Direitos reservados.
Colabore com a produção científica e cultural.
Proibida a reprodução total ou parcial desta obra sem a autorização do editor.

Nº de Catálogo: **4610**

As margens da alegria

I

Esta é a estória. Ia um menino, com os Tios, passar dias no lugar onde se construía a grande cidade. Era uma viagem inventada no feliz; para ele, produzia-se em caso de sonho. Saíam ainda com o escuro, o ar fino de cheiros desconhecidos. A Mãe e o Pai vinham trazê-lo ao aeroporto. A Tia e o Tio tomavam conta dele, justinhamente. Sorria-se, saudava-se, todos se ouviam e falavam. O avião era da Companhia, especial, de quatro lugares. Respondiam-lhe a todas as perguntas, até o piloto conversou com ele. O voo ia ser pouco mais de duas horas. O menino fremia no acorçoo, alegre de se rir para si, confortavelzinho, com um jeito de folha a cair. A vida podia às vezes raiar numa verdade extraordinária. Mesmo o afivelarem-lhe o cinto de segurança virava forte afago, de proteção, e logo novo senso de esperança: ao não-sabido, ao mais. Assim um crescer e desconter-se — certo como o ato de respirar — o de fugir para o espaço em branco. O Menino.

E as coisas vinham docemente de repente, seguindo harmonia prévia, benfazeja, em movimentos concordantes: as satisfações antes da consciência das necessidades. Davam-lhe balas, chicles, à escolha. Solícito de bem-humorado, o Tio ensinava-lhe como era reclinável o assento – bastando a gente premer manivela. Seu lugar era o da janelinha, para o móvel mundo. Entregavam-lhe revistas, de folhear, quantas quisesse, até um mapa, nele mostravam os pontos em que ora e ora se estava, por cima de onde. O Menino deixava-as, fartamente, sobre os joelhos, e espiava: as nuvens de amontoada amabilidade, o azul de só ar, aquela claridade à larga, o chão plano em visão cartográfica, repartido de roças e campos, o verde que se ia a amarelos e vermelhos e a pardo e a verde; e, além, baixa, a montanha. Se homens, meninos, cavalos e bois – assim insetos? Voavam supremamente. O Menino, agora, vivia; sua alegria despedindo todos os raios. Sentava-se, inteiro, dentro do macio rumor do avião: o bom brinquedo trabalhoso. Ainda nem notara que, de fato, teria vontade de comer, quando a Tia já lhe oferecia sanduíches. E prometia-lhe o Tio as muitas coisas que ia brincar e ver, e fazer e passear, tanto que chegassem. O Menino tinha tudo de uma vez, e nada, ante a mente. A luz e a longa-longa-longa nuvem. Chegavam.

II

ENQUANTO MAL VACILAVA A MANHÃ. A grande cidade apenas começava a fazer-se, num semi-ermo, no chapadão: a mágica monotonia, os diluídos ares. O campo de pouso ficava a curta distância da casa – de madeira, sobre estações, quase penetrando na mata. O Menino via, vislumbrava. Respirava muito. Ele queria poder ver ainda mais vívido – as novas tantas coisas – o que para os seus olhos se pronunciava. A morada era pequena, passava-se logo à cozinha, e ao que não era bem quintal, antes breve clareira, das árvores que não podem entrar dentro de casa. Altas, cipós e orquideazinhas amarelas delas se suspendiam. Dali, podiam sair índios, a onça, leão, lobos, caçadores? Só sons. Um – e outros pássaros – com cantos compridos. Isso foi o que abriu seu coração. Aqueles passarinhos bebiam cachaça?

João GUIMARÃES RoSA · As margens da alegria

Senhor! Quando avistou o peru, no centro do terreiro, entre a casa e as árvores da mata. O peru, imperial, dava-lhe as costas, para receber sua admiração. Estalara a cauda, e se entufou, fazendo roda: o rapar das asas no chão – brusco, rijo, – se proclamara. Grugulejou, sacudindo o abotoado grosso de bagas rubras; e a cabeça possuía laivos de um azul-claro, raro, de céu e sanhaços; e ele, completo, torneado, redondoso, todo em esferas e planos, com reflexos de verdes metais em azul-e-preto – o peru para sempre. Belo, belo! Tinha qualquer coisa de calor, poder e flor, um transbordamento. Sua ríspida grandeza tonitruante. Sua colorida empáfia. Satisfazia os olhos, era de se tanger trombeta. Colérico, encachiado, andando, gruziou outro gluglo. O Menino riu, com todo o coração. Mas só bis-viu. Já o chamavam, para passeio.

III

IAM DE *JEEP*, iam aonde ia ser um sítio do Ipê. O Menino repetia-se em íntimo o nome de cada coisa. A poeira, alvissareira. A malva-do-campo, os lentiscos. O velame-branco, de pelúcia. A cobra-verde, atravessando a estrada. A arnica: em candelabros pálidos. A aparição angélica dos papagaios. As pitangas e seu pingar. O veado campeiro: o rabo branco. As flores em pompa arroxeadas da canela-de-ema. O que o Tio falava: que ali havia "imundície de perdizes". A tropa de seriemas, além, fugindo, em fila, índio-a-índio. O par de garças. Essa paisagem de muita largura, que o grande sol alagava. O buriti, à beira do corguinho, onde, por um momento, atolaram. Todas as coisas, surgidas do opaco. Sustentava-se delas sua incessante alegria, sob espécie sonhosa, bebida, em novos aumentos de amor. E em sua memória ficavam, no perfeito puro, castelos já armados. Tudo, para a seu tempo ser dadamente descoberto, fizera-se primeiro estranho e desconhecido. Ele estava nos ares.

Pensava no peru, quando voltavam. Só um pouco, para não gastar fora de hora o quente daquela lembrança, do mais importante, que estava guardado para ele, no terreirinho das árvores bravas. Só pudera tê-lo um instante, ligeiro, grande, demoroso. Haveria um, assim, em cada casa, e de pessoa?

Tinham fome, servido o almoço, tomava-se cerveja. O Tio, a Tia, os engenheiros. Da sala, não se escutava o galhardo ralhar dele, seu grugulejo? Esta grande cidade ia ser a mais levantada no mundo. Ele abria leque, impante, explodido, se enfunava... Mal comeu dos doces, a marmelada, da terra, que se cortava bonita, o perfume em açúcar e carne de flor. Saiu, sôfrego de o rever.

João GUIMARÃES ROSA · As margens da alegria

Não viu: imediatamente. A mata é que era tão feia de altura. E – onde? Só umas penas, restos, no chão. – "Ué, se matou. Amanhã não é o dia-de-anos do doutor?" Tudo perdia a eternidade e a certeza; num lufo, num átimo, da gente as mais belas coisas se roubavam. Como podiam? Por que tão de repente? Soubesse que ia acontecer assim, ao menos teria olhado mais o peru – aquele. O peru – seu desaparecer no espaço. Só no grão nulo de um minuto, o Menino recebia em si um miligrama de morte. Já o buscavam: – "Vamos aonde a grande cidade vai ser, o lago..."

IV

Cerrava-se, grave, num cansaço e numa renúncia à curiosidade, para não passear com o pensamento. Ia. Teria vergonha de falar do peru. Talvez não devesse, não fosse direito ter por causa dele aquele doer, que põe e punge, de dó, desgosto e desengano. Mas, matarem-no, também, parecia-lhe obscuramente algum erro. Sentia-se sempre mais cansado. Mal podia com o que agora lhe mostravam, na circuntristeza: o um horizonte, homens no trabalho de terraplenagem, os caminhões de cascalho, as vagas árvores, um ribeirão de águas cinzentas, o velame-do-campo apenas uma planta desbotada, o encantamento morto e sem pássaros, o ar cheio de poeira. Sua fadiga, de impedida emoção, formava um medo secreto: descobria o possível de outras adversidades, no mundo maquinal, no hostil espaço; e que entre o contentamento e a desilusão, na balança infidelíssima, quase nada medeia. Abaixava a cabecinha.

Ali fabricava-se o grande chão do aeroporto — transitavam no extenso as compressoras, caçambas, cilindros, o carneiro socando com seus dentes de pilões, as betumadoras. E como haviam cortado lá o mato? — a Tia perguntou. Mostraram-lhe a derrubadora, que havia também: com à frente uma lâmina espessa, feito limpa-trilhos, à espécie de machado. Queria ver? Indicou-se uma árvore: simples, sem nem notável aspecto, à orla da área matagal. O homenzinho tratorista tinha um toco de cigarro na boca. A coisa pôs-se em movimento. Reta, até que devagar. A árvore, de poucos galhos no alto, fresca, de casca clara... e foi só o chofre: ruh... sobre o instante ela para lá se caiu, toda, toda. Trapeara tão bela. Sem nem se poder apanhar com os olhos o acertamento — o inaudito choque — o pulso da pancada. O Menino fez ascas. Olhou o céu — atônito de azul. Ele tremia. A árvore, que morrera tanto. A limpa esguiez do tronco e o marulho imediato e final de seus ramos — da parte de nada. Guardou dentro da pedra.

V

De volta, não queria sair mais ao terreirinho, lá era uma saudade abandonada, um incerto remorso. Nem ele sabia bem. Seu pensamentozinho estava ainda na fase hieroglífica. Mas foi, depois do jantar. E – a nem espetaculosa surpresa – viu-o, suave inesperado: o peru, ali estava! Oh, não. Não era o mesmo. Menor, menos muito. Tinha o coral, a arrecauda, a escova, o grugrulhar grufo, mas faltava em sua penosa elegância o recacho, o englôbo, a beleza esticada do primeiro. Sua chegada e presença, em todo o caso, um pouco consolavam.

Tudo se amaciava na tristeza. Até o dia; isto era: já o vir da noite. Porém, o subir da noitinha é sempre e sofrido assim, em toda a parte. O silêncio saía de seus guardados. O Menino, timorato, aquietava-se com o próprio quebranto: alguma força, nele, trabalhava por arraigar raízes, aumentar-lhe alma.

Mas o peru se adiantava até à beira da mata. Ali adivinhara – o quê? Mal dava para se ver, no escurecendo. E era a cabeça degolada do outro, atirada ao monturo. O Menino se doía e se entusiasmava.

Mas: não. Não por simpatia companheira e sentida o peru até ali viera, certo, atraído. Movia-o um ódio. Pegava de bicar, feroz, aquela outra cabeça. O Menino não entendia. A mata, as mais negras árvores, eram um montão demais; o mundo.

Trevava.

Voava, porém, a luzinha verde, vindo mesmo da mata, o primeiro vagalume. Sim, o vagalume, sim, era lindo! – tão pequenino, no ar, um instante só, alto, distante, indo-se. Era, outra vez em quando, a Alegria.

SOBRE A ILUSTRADORA

BRUNA LUBAMBO nasceu em 1989 e foi criada em Timóteo, interior de Minas Gerais. Aos 18 anos mudou-se para Belo Horizonte, onde estudou Comunicação Social na UFMG. Aprendeu sobre as linguagens da criação visual em cursos e oficinas livres pelo Brasil. Desde 2018, Bruna ilustra e escreve livros. Seu trabalho já foi reconhecido em diferentes prêmios e seleções. Foi finalista do Prêmio Jabuti três vezes (2020, 2021, 2022). Ilustrou livros considerados como "Os melhores do ano" (2021) pela Revista Crescer e como "Altamente Recomendáveis" (2020) pela Fundação Nacional do Livro Infantil e Juvenil (FNLIJ). Em 2021, 2022 e 2023, Bruna teve oito obras premiadas pelo Selo Cátedra Unesco de Leitura PUC-Rio.

SOBRE O AUTOR

João Guimarães Rosa nasceu em 27 de junho de 1908 em Cordisburgo, Minas Gerais, e faleceu em 19 de novembro de 1967, no Rio de Janeiro. Publicou em 1946 seu primeiro livro, Sagarana, recebido pela crítica com entusiasmo por sua capacidade narrativa e linguagem inventiva. Formado em Medicina, chegou a exercer o ofício em Minas Gerais e, posteriormente, seguiu carreira diplomática. Além de Sagarana, constituiu uma obra notável com outros livros de primeira grandeza, como: Primeiras estórias, Manuelzão e Miguilim, Tutameia – Terceiras estórias, Estas estórias e Grande sertão: veredas, romance que o levou a ser reconhecido no exterior. Em 1961, recebeu o Prêmio Machado de Assis da Academia Brasileira de Letras pelo conjunto de sua obra literária.